AF199255

www.s-ng.de

Über diese Geschichte

„Zurück." ist die Geschichte von einem, der lange weg war und langsam wieder zurück ins Leben findet.

Nach einem schweren Unfall, der sein Leben grundlegend veränderte, hat sich Sascha lange von seinen Freunden zurückgezogen. Auf einer Party stellt er sich erstmals der erneuten Begegnung. Die Musik weckt Erinnerungen und neue Kräfte ...

„Zurück" ist ein Spin-Off des Romans „Weil du es bist". Die Kurzgeschichte spielt in der Zeit während Fredis und Saschas Trennung. Sie lässt sich unabhängig vom Roman lesen.

Ursprünglich war „Zurück" ein Wettbewerbsbeitrag für den Kurzgeschichtenwettbewerb „Wunschkonzert" auf www.neobooks.com im Oktober 2011.

Über mich

Ich bin Sabine Nagel, und ich habe schon immer gern (und viel) geschrieben. Ich liebe es, währenddessen vollkommen abzutauchen in die Gedanken-, Gefühls- und Erlebniswelt meiner Protagonisten. Für mich sind sie dann real, und während ich schreibe, *bin* ich quasi meine Protagonisten. Das ist ein sehr, sehr intensives Gefühl.

Im wahren Leben bin ich Lehrerin. Aufgewachsen bin ich als echtes „Nordlicht" in Schleswig-Holstein. Zum Studieren ging ich nach Hannover, wo ich insgesamt 12 Jahre wohnte und in dieser Zeit die Stadt kennen und lieben lernte.

Mittlerweile lebe ich im Raum Nürnberg. Ich bin verheiratet und habe zwei siebenjährige Kinder.

Mehr Informationen über mich unter www.s-ng.de.

SABINE NAGEL

Zurück.

KURZGESCHICHTE

Impressum:

Zurück. Kurzgeschichte.
1. Auflage
© Sabine Nagel, 2011/2019

Herstellung und Verlag:
BoD – Books on Demand, Norderstedt

Covergestaltung: Sabine Nagel

ISBN: 978-3-7504-2285-8

Bibliographische Informationen der deutschen Nationalbibliothek: Die Deutsche Nationalbibliothek verzeichnet diese Publikation in der deutschen Nationalbibliographie; detaillierte bibliographische Daten sind im Internet unter http://dnb.d-nb.de abrufbar.

ZURÜCK.

Das habe ich nun davon. Was will ich hier? Ich gehöre hier nicht hin, nicht mehr. Aber Markus hat mich gebeten, mitzukommen. Gebeten? Genötigt hat er mich. Und ich hab mich auch noch breitschlagen lassen.

Zugegeben: Er hat ja recht. Vernünftige Gegenargumente gibt es nicht. Ich kann nicht immer weglaufen. Ich muss das machen, egal, wie viel Überwindung es mich kostet. Es ist an der Zeit.

Die Musik dringt uns schon entgegen, als Markus und ich uns dem Haus nähern. *Truly Madly Deeply* von *Savage Garden*. Ausgerechnet *das* Lied. Ganz laut haben wir es gehört und mitgegrölt, damals, 2006 im Sommer, als wir zusammen im Zugabteil saßen und in Richtung Südtirol fuhren. Markus, Jan, Corinna, Lilly und ich. Freiheit. Abenteuer. Spaß. Das ganze Leben lag vor uns. Und dann, ein paar Tage später, wir fünf auf dem Gipfel. Corinnas Lippen auf meinen. Sie schmeckten salzig. Für einen Moment existierten nur wir zwei.

Corinna … Sie wird auch da sein. Alle werden sie da sein. Jan hat schon zu Schulzeiten die besten Feten veranstaltet. Der Partyraum bei seinen Eltern ist aber auch einfach genial, besonders, weil man die Party bei gutem Wetter auch auf den Innenhof ausdehnen kann. Markus hat gesagt, da kommen sie noch immer zusammen, jedes Jahr zum Tanz in den Mai. Nur ich hab die letzten drei Jahre gefehlt.

Meine Hände sind zittrig und vor allem feucht. Die Haftreibung lässt direkt zu wünschen übrig. Gut, dass der Hof gepflastert ist und ich mich nicht auch noch über eine womöglich länger nicht mehr gemähte Rasenfläche quälen muss. Als Markus

und ich das Hoftor hinter uns gelassen haben und um die Haus-
ecke gebogen sind, passiert genau das, was ich mir im Vorhinein
ausgemalt habe: Es ist, als würde die Musik plötzlich aufhören
zu spielen. Was Quatsch ist, denn der Stereoanlage ist es natürlich egal, wer da kommt. Natürlich plärrt sie weiter. Das Lied
ist mittlerweile am Ende angekommen, nur der Refrain wieder-
holt sich noch. Aber die Gespräche verstummen, innerhalb von
Zehntelsekunden haben sich alle uns zugewendet. Alle.
Matthias, Lilly, Andreas, Lena, Dennis, Holger, Jan, ... und Corinna. Sie steht ganz hinten, in der Tür zum Partyraum, ein
Sektglas in der Hand. Die Zeit bleibt stehen. Ein lockerer
Spruch würde die Situation entkrampfen, aber ich bin alles andere als locker. Ich merke, wie meine Hände die Greifräder
meines Rollis umklammern, und lasse los.

„Hi", sage ich schließlich.

„Hi", sagt auch Markus.

Ich bin so klein neben ihm.

Jan ist der erste, der sich aus der Erstarrung löst. Er ist ein
guter Gastgeber.

„Mensch, Sascha, schön dich zu sehen!" Seine Stimme klingt
übertrieben laut. *Savage Garden* werden gerade von den ersten
Klängen von Grönemeyers *Mensch* abgelöst, es gibt also nichts
zu übertönen. Jan kommt auf uns zu, ein Lächeln auf dem Gesicht. Ich erkenne die Unsicherheit darin, aber ich glaube, er
freut sich wirklich, dass ich gekommen bin.

Die Begrüßung verunglückt etwas. Ist ja auch schwierig, so
in zwei Etagen. Schließlich hält er mir die Hand hin, ich schlage
ein, und er drückt sie lange und fest.

„Willkommen", sagt er.

Ich räuspere mich. „Danke."

Während Jan anschließend Markus begrüßt, stehen die anderen immer noch wie eingefroren da und starren. Ich kann es
ihnen nicht verdenken. Sie wissen nicht, wie sie mit mir

umgehen sollen. Ich habe damals den Kontakt abgebrochen, jeden Besucher von mir gewiesen. Jetzt tauche ich plötzlich wieder auf aus der Versenkung. Bin der alte und doch nicht der alte. Der Rollstuhl ist wie ein Ausrufezeichen, der Unfall hat mein Leben verändert und ihres nicht. Fast tun sie mir leid, wahrscheinlich ist ihnen die Situation genauso unangenehm wie mir.

Plötzlich, noch bevor Grönemeyer zu singen beginnt, wird mir klar, dass ich es bin, der die Situation entspannen muss, und ich bin über mich selbst überrascht, wie locker es mir über die Lippen kommt: „Hey Leute, ich freu mich auch, euch zu sehen. Aber wenn ihr euch bewegt, seht ihr echt besser aus."

Der Spruch ist besser als alle, die ich mir krampfhaft zu Hause überlegt und dann doch wieder verworfen hatte. Ein spontaner Einfall, wie früher, als die Welt noch in Ordnung war. Und er verfehlt seine Wirkung nicht. Alle lachen, erwachen aus der Erstarrung, und auch ich setze meinen Rollstuhl wieder in Bewegung und komme auf sie zu. Nach und nach begrüßen wir uns alle. Die meisten Jungs schlagen ein wie Jan, einige der Mädels beugen sich zu mir runter zu einer Art Umarmung, alles sehr herzlich, wenn auch noch immer etwas verkrampft. Herbie singt inzwischen aus vollem Halse, da bin ich schließlich bei der Tür angelangt, in der noch immer Corinna steht, unbeweglich, still, gehemmt. Sie sieht aus, als suche sie Halt am Türrahmen, die Begegnung mit mir, der ich sie damals weggeschickt habe, scheint sie zu stressen, hochgradig. Dabei bin ich mir sicher, dass sie froh war, dass ich unsere Beziehung beendet habe, als wir beide mit der Situation überfordert waren. Ich war ein seelisches Wrack, eine Zumutung für jeden, und ganz besonders für sie.

„Hallo Corinna."

„Hallo Sascha." Sie bleibt stehen, gibt mir noch nicht einmal die Hand. Unsicher streicht sie sich eine Haarsträhne aus dem

Gesicht. Übersprungshandlung. Ich kenne mich inzwischen aus mit dem ganzen psychologischen Kram.

„Wie geht's dir?", frage ich. Ich will nicht aufgeben, will eine ungezwungene Unterhaltung. Koste es, was es wolle. Die Umstände, unter denen wir uns damals getrennt haben, waren alles andere als einfach.

Sie zuckt mit den Schultern. Ihr Sektglas ist leer, aber sie hält es noch immer fest in der Hand. „Ganz gut", sagt sie. „Und dir?"

„Besser. Ich komm ganz gut zurecht inzwischen."

„Mit dem Rollstuhl?" Endlich verändert sie ihre Körperhaltung, zumindest ein wenig, wendet sich mir etwas mehr zu.

„Auch. Aber ich meine mehr hier drin." Ich tippe mir an den Kopf.

Jetzt grinst sie sogar ein wenig. „Schön. Freut mich für dich."

Ich finde sie immer noch hübsch mit ihrem blonden Pferdeschwanz und ihrem durchtrainierten Körper. Bestimmt spielt sie noch Volleyball. Sport ist damals für uns beide sehr wichtig gewesen. Sie kleidet sich weiblicher als Fredi, aber auch eher sportlich, sie trägt zur Bluse eine Jeans und Turnschuhe.

Die anderen haben inzwischen ihre Gespräche wieder aufgenommen; Markus steht bei Jan, Lilly und Matthias.

„Studierst du immer noch in Göttingen?", frage ich, um das Gespräch am Laufen zu halten. Dabei kenne ich die Antwort, denn Markus hat es mir erzählt.

„Ja, und du?"

„In Hannover. Mathematik und Informatik."

„Wolltest du nicht Geographie ..." Sie verstummt.

„Es gab da so ein Ereignis, das hat so ziemlich alle meine Pläne durchkreuzt", sage ich trotzdem.

„Nicht nur deine ..."

„Ich weiß." Wir waren damals fast zwei Jahre zusammen gewesen und wir waren uns sicher, das ist was für immer.

„Ich hab in Göttingen einen Freund." Es klingt entschuldigend, als hätte sie ein schlechtes Gewissen.

„Ich weiß. Markus hat es mir erzählt. Ich freue mich für dich."

„Wirklich?"

„Ja."

Sie scheint erleichtert. Ich bin erstaunt. Ich bin es doch, der ein schlechtes Gewissen haben müsste, schließlich war ich es, der Schluss gemacht hat, auch wenn es eine ganz andere Situation war als später bei Fredi.

„Wollen wir uns setzen?", fragt sie, plötzlich lebendiger. „Ich kann uns was zu trinken holen."

Wie aufmerksam von ihr. Im Rollstuhl ist das immer so eine Sache mit dem Transport von Gläsern, von gefüllten besonders.

„Ja, gern. O-Saft, bitte."

Ich fahre zu einem der Gartentische. Wenig später kommt Corinna mit zwei Gläsern dazu und nimmt gegenüber von mir Platz.

Wir sind jetzt auf Augenhöhe. Wie von selbst läuft das Gespräch gleich ungezwungener. Sie erkundigt sich, ob ich noch Single bin. „Nein", sage ich, „nicht noch, aber wieder." Und dann erzähle ich ihr von Fredi, die ich vor fast zwei Jahren kennen gelernt habe und mit der ich gut sechs Monate zusammen gewesen bin. Die so stark gewesen ist, intelligent, sportlich, jungenhaft, genau mein Typ. Ich habe sie geliebt und sie hat mich geliebt, das weiß ich sicher.

„Warum seid ihr nicht mehr zusammen?", fragt Corinna nach.

„Meine Behinderung war ihr egal", antworte ich. „So egal, dass ich damit nicht zurechtkam. Es war zu früh für mich, für uns. Als ich es nicht mehr ausgehalten habe, habe ich sie weggeschickt."

„Leute wegzuschicken scheint ja ein echtes Hobby von dir zu sein."

„Gewesen zu sein", korrigiere ich. „Ich habe mir inzwischen ein neues gesucht."

Sie guckt mich verständnislos an. Fredi hätte sofort gewusst, was ich meine. Wir haben uns ohne Worte verstanden, jedenfalls dann, wenn es mir gerade gut ging. Wenn ich schlecht drauf war, gab es da auch nichts zu verstehen. Ich habe ja mich selbst kaum verstanden. War meinen Launen ausgeliefert so wie sie.

Ich hänge meinen Gedanken nach, denke an Fredi. Mike Shinoda und Chester Bennington von *Linkin Park* singen gerade *Somewhere I Belong*. Fredi und ich haben die CD zusammen gehört, als wir uns gerade erst kennen gelernt hatten. Sie hat vor mir auf dem Fußboden gesessen, und ich habe zum ersten Mal ihre Hand genommen. Was für ein Zufall, dass jetzt gerade dieses Lied kommt. Oder denke ich an Fredi wegen des Liedes? Letztens bin ich ihr in der Mensa begegnet, wir haben kurz miteinander gesprochen, ich liebe sie immer noch, aber da war so viel Distanz zwischen uns. Ich hätte sie nicht wegschicken dürfen, ich hätte das irgendwie hinkriegen müssen, *mit* ihr.

„Hallo? Noch jemand zu Hause?" Corinna fuchtelt mir mit den Händen vor dem Gesicht herum.

Ich schrecke auf.

Wie unpassend, mir so blöde vor dem Gesicht herumzuwedeln. „Was ist dein neues Hobby?", fragt sie auch noch.

Aber eigentlich macht es mir nichts aus. Sie meint es bestimmt nicht so. Sie ist vermutlich einfach unsicher, mehr nicht.

„Zurückkommen", antworte ich.

Sie lächelt. Sie hat mich verstanden. Ich stelle fest, dass mich das freut. Ja, ich komme wieder, seit Markus im Januar bei mir angerufen hat. Er ist ein wirklicher Freund, der warten konnte, bis ich wieder bereit war. Seitdem bin ich auf dem Weg, zurück.

Zu mir, zu ihm, und heute auch zu meinen alten Freunden.

Wir schweigen eine Weile. Ich lehne mich zurück und lasse meinen Blick schweifen. Es wird dunkel. Jan und Holger nehmen einige Lichterketten in Betrieb. Lilly und Markus kommen aus dem Partyraum mit vollbeladenen Tellern. Offensichtlich ist das Buffet inzwischen eröffnet. Sie kommen zu uns an den Tisch.

„Dürfen wir?", fragt Lilly.

„Klar", sage ich.

Später gesellen sich auch noch Jan, Holger und Matthias zu uns. Jan begleitet mich zum Buffet und trägt meinen Teller für mich zum Tisch. Dann erzählen wir. Erst sind sie etwas unsicher, ob es mir recht ist, in alten Erinnerungen zu schwelgen. Sie können sich vorstellen, dass es wehtut, an all das Schöne zu denken, das so jetzt nicht mehr möglich ist. *Wie* weh es tut, ahnen sie nicht. Aber ich merke, dass ich anfange, mich an den Schmerz zu gewöhnen. Ich bin gekommen, weil ich hoffte, dass ich es aushalten werde. Und ich halte es aus.

Wir erinnern uns an gemeinsame Streiche, Partys, Kurzurlaube. Wie wir alle zusammen nach Ameland gefahren sind und uns so hoffnungslos betrunken haben, dass wir hinterher in den falschen Bungalow gehen wollten. Wie wir nachts über den Freibadzaun geklettert sind und Jan sich das Knie aufgeschlagen hat, als er im Dunkeln in der Dusche ausgerutscht ist. Wie irgendjemand aus dem Jahrgang Lillys Einladung zur Geburtstagsfete im Einkaufszentrum ausgehängt hat und wir die Polizei rufen mussten, weil Dutzende Fremde vor der Haustür Einlass verlangten. Wie wir alle zusammen in Südtirol wandern waren, im Sommer vor dem Abi. Wie wir an einem Sonntagspätnachmittag in die Großbaustelle hinter der Schule „eingebrochen" sind und um die Wette auf die Baukräne kletterten. Uns fallen immer neue Begebenheiten ein, wir lachen und schreien vor Vergnügen, und fast hätte ich vergessen, dass meine untere

Körperhälfte gelähmt ist und dass Erinnerungen verdammt weh tun können. Bis ... ja, bis Jan plötzlich innehält und sagt:

„Eigentlich ist es ein Wunder, dass nie etwas passiert ist bei all diesen wahnsinnigen Aktionen. Wir hätten uns so böse verletzen können ...“

Sofort wird es still. Alle werfen Jan strafende Blicke zu. Er kapiert es und schaut beschämt auf die Tischplatte.

„'Tschuldigung“, sagt er kleinlaut.

Ich schlucke den Schmerz herunter, der gerade mit voller Wucht zuschlägt, und ringe mir ein Lächeln ab. „Schon okay. Irgendwann war das Glück halt aufgebraucht.“

Wenigstens hat das Glück gereicht, mir einen Baum in meine Falllinie zu stellen, denke ich. Sonst säße ich jetzt nicht hier. Inzwischen sehe ich das so, als Glück. Es gab eine Zeit, da habe ich diesen Baum verflucht. Lange ist das nicht her. Aber das behalte ich für mich.

Niemand sagt etwas. Wir lauschen der Musik. Die ersten haben zu tanzen angefangen, aber meine alten Kumpels bleiben bei mir am Tisch. Thomas, der wie immer den DJ macht, legt gerade ein *Depeche Mode*-Lied nach dem anderen auf. Gerade läuft *Enjoy The Silence*. Ich weiß gar nicht mehr, wer das eigentlich aufgebracht hat, aber irgendwie waren wir damals alle Depeche Mode-Fans. Irgendwer hatte das Album *The Singles 86>98* gekauft, und seitdem war das unsere Musik. Ich sehe mich – nein, ich *spüre* mich direkt auf der Tanzfläche, wie mich der Rhythmus erfasst, wie ich mit der Musik verschmelze, wie ich alles um mich herum vergesse und tanze, Markus, Jan, Corinna, Lilly neben mir, wir tanzen bis zur Erschöpfung und bis tief in den Morgen hinein. Jetzt sind meine Beine dafür nicht mehr zu gebrauchen, sie zucken höchstens mal ein bisschen, wenn die Spastik sich bemerkbar macht, weil ich am Abend vorher Alkohol getrunken oder die Krankengymnastik vernachlässigt habe.

Markus kommt plötzlich mit einer Runde Bier an den Tisch zurück, ich habe gar nicht bemerkt, dass er aufgestanden ist. Ich nehme auch eins, einfach mal nicht dran denken, was morgen ist, und ganz normal ein kühles Bier genießen. Wir stoßen an, wortlos, und ich kippe es herunter und trinke gleich noch ein zweites. Wahnsinn, wie zwei Bier reinhauen können, wenn man nichts mehr gewohnt ist. *Walking In My Shoes* singen *Depeche Mode*, ich spüre, wie mich die Musik durchdringt, wie die Bässe in meinem Oberkörper vibrieren, fast alle sind jetzt auf der Tanzfläche, wie in Trance. Die Musik ist laut, wir könnten gar nicht mehr reden, selbst wenn wir wollten. Lilly und Jan wippen auf ihren Stühlen mit, ich sehe es ihnen an, sie wollen auch tanzen und bleiben nur mir zuliebe sitzen. Sie wollen mich nicht im Stich lassen, aber ich will ihnen die Party nicht verderben. Ich nicke ihnen zu und rufe:

„Geht ruhig, macht euch meinetwegen keine Gedanken.“

Jan schüttelt den Kopf, aber Lilly zögert, wechselt einen Blick mit Corinna. Corinna sieht fragend zu mir rüber, ich nicke nochmal, da stehen die beiden auf und reihen sich in die Tanzenden ein. Es ist toll, ihnen zuzusehen, wie sie in der Gruppe aufgehen, alle bewegen sich zum Rhythmus, und die tiefe Stimme von Dave Gahan breitet sich auch in mir aus, erfasst mich vollkommen, und ich wäre so gern auf der Tanzfläche dabei. Aber ich sitze hier, am Tisch, und nur noch Jan und Markus sind bei mir geblieben. *Walking In My Shoes* klingt aus, die Tanzenden verlangsamen ihre Bewegungen und lauschen erwartungsvoll, welches Lied als nächstes kommt. Thomas ist ein guter DJ, er kennt uns, natürlich wird er bei der Band bleiben. Und schon erklingen die ersten Synthie-Klänge von *Never Let Me Down*, dem Lied, das immer auch die Erschöpftesten wieder auf die Tanzfläche gezogen hat. Ich muss mich bewegen dazu, ich musste mich früher auch bewegen zur Musik, ich konnte nicht anders, und jetzt kann ich auch nicht anders. Ich weiß nicht, ob Markus und Jan bemerken, was in mir vorgeht, oder ob es Zufall ist, aber sie stehen plötzlich auf, wie auf ein Zeichen, Dave Gahan hat noch nicht einmal angefangen zu singen, da schlägt Markus mir auf die Schulter und brüllt:

„Ach, komm, egal wie, gehen wir tanzen."

Egal wie, denke ich, du bist gut, ich war noch nie im Rollstuhl tanzen, wie soll das gehen, ich werd' mich zum Affen machen, aber da ist irgendwas in mir, das zieht mich zur Tanzfläche, zu den anderen. Markus und Jan nehmen mich mit, und als Gahan zu singen beginnt, sind wir schon da.

Dann erklingt die erste Liedzeile, sie ist so passend für diesen Moment, das ganze Lied ist so passend. Ich steh einfach da mit meinem Rolli zwischen den anderen, und wir singen gemeinsam den Text, den wir alle auswendig können. Sie bemerken mich, grinsen mich an oder lächeln, aber mehr eben auch nicht, während sie singen und tanzen, woher wissen sie, dass ich das jetzt brauche, genau das?

Die Bässe dröhnen, der Rhythmus geht tief rein, ich fange an, mich dazu zu bewegen, irgendwie, den Kopf und den Oberkörper, die Arme, die Musik macht das einfach mit mir, so wie sie es früher mit mir gemacht hat.

Ich werde immer freier, sicherer, fange auch an, die Räder des Rollstuhls zu drehen, den Rolli anzukippen, es ist der Wahnsinn, wie die Musik mich erfasst, wie sie reinhaut, das ist das Lied, das sind die Erinnerungen, das ist das Glück.

Ich gehe in der Musik auf und habe zugleich immer wieder so eine Art Flashs, während derer ich alles, was um mich herum passiert, genau registriere, ich sehe die anderen tanzen, auch Corinna, wie früher, nur dass sie da nicht so unsicher war, wenn ich mich ihr näherte, aber sie bleibt da, wendet sich mir zu, wir stimmen unseren Tanz aufeinander ab.

Und auf einmal denke ich an Fredi, wenn ich jetzt mit ihr tanzen würde, ihre kurzen Haare würden fliegen bei den

Kopfbewegungen, sie würde sich ganz anders bewegen als Corinna. Ich habe sie nie tanzen sehen, aber ich weiß es trotzdem, sie würde raumgreifender tanzen, wilder, maskuliner, und doch ist sie eine Frau, eine schöne. Ich wäre fasziniert von ihrem Anblick, ich würde ihre Hand nehmen, wir würden zusammen tanzen, irgendwie, einfach so, ich weiß es, ganz sicher weiß ich es.

Gahan besingt die Sterne am Nachthimmel und dass heute Nacht alles in Ordnung ist, und er hat so recht, heute Abend ist alles gut. Ich fühle mich frei und glücklich, obwohl ich gleichzeitig den Schmerz spüre, der immer da ist; Hannes vom Rollstuhlbasketball hat gesagt, man gewöhnt sich daran. Heute ist der erste Tag, die erste Nacht, in der ich mir vorstellen kann, dass er recht hat.

Never Let Me Down, meine Freunde haben mich nicht hängenlassen, sie sind für mich da, jetzt, wo ich zurück bin, wie konnte ich jemals daran zweifeln. Und sollte ich Fredi irgendwann wieder treffen, zufällig, irgendwo, dann spreche ich sie an. Was auch immer dann passiert, ich bin bereit.

Die Schlusszeilen wiederholen sich endlos, die Tanzenden verlangsamen ihre Bewegungen, wir schauen einander an, verschwitzt, erschöpft, strahlend.

Corinna kommt auf mich zu und sagt erstaunt:

„Du weinst ja."

Ich wische mir mit dem Handrücken unter den Augen entlang. Es stimmt, da sind Tränen.

„Keine Sorge", sage ich, „alles unter Kontrolle."

Sie lächelt.

Die letzten Synthie-Klänge von *Never Let Me Down* verklingen. Unter sie mischen sich unverkennbar die ersten beiden Töne des nächsten Liedes - *Personal Jesus*.

Sofort gehen wir in Stellung, bereit für den bevorstehenden Anfang. Eine kurze Pause, ein herannahendes Rauschen, und dann geht's los. Wir singen lauthals und nehmen den Rhythmus auf. Ich werde noch lange tanzen heute Nacht. Sie werden mich von der Tanzfläche ziehen müssen. Soviel ist sicher.

DANK

Zuallererst gilt mein Dank dir, liebe*r Leser*in! Ich freue mich sehr, dass du Sascha durch diesen besonderen Abend begleitet hast. Ich hoffe, die Geschichte konnte dich gefangen nehmen und berühren und Sascha, Corinna, Markus und die anderen in dir lebendig werden lassen. Denn dafür habe ich sie geschrieben.

Ich würde mich sehr freuen, wenn du mich (und andere) an deinem Leseerlebnis teilhaben lassen würdest, zum Beispiel in Form einer Rezension, dort, wo du diese Geschichte gekauft hast, oder auf Lovelybooks oder in anderen Shops oder Portalen. Das hilft nicht nur anderen, diese Geschichte zu finden, sondern ist auch für mich als Autorin ein wertvolles Feedback. Darüber hinaus freue ich mich natürlich auch über Mails an info@s-ng.de oder über Kommentare auf meiner Homepage www.s-ng.de. Der Dialog mit meinen Leser*innen ist für mich ein großes Geschenk – denn mit jedem, der meine Geschichten liest und sein Leseerlebnis mit mir teilt, werden meine Protagonisten, die mir so sehr ans Herz gewachsen sind, für mich ein kleines Stückchen „realer".

Nicht zuletzt möchte ich auch meinem Mann und meinen Kindern danken, einfach dafür, dass es euch gibt und dass ihr Teil meines Lebens seid!

Herzliche Grüße, Sabine Nagel

SOUNDTRACK

Im Folgenden habe ich die Songs, die auf der Party gespielt werden, aufgelistet. Diese Liste ist also gewissermaßen der Soundtrack zu der Kurzgeschichte. Wer mag, kann gerne mal reinhören.

Ganz einfach geht das über diesen Link:

https://open.spotify.com/playlist/3Txcdti9h7V3Qi7o8tdY1I?si=s0xl7oOETE2Z0D2AViXM9g

Truly, Madly, Deeply (Savage Garden)

Mensch (Herbert Grönemeyer)

Somewhere I Belong (Linkin Park)

Enjoy The Silence (Depeche Mode)

Walking In My Shoes (Depeche Mode)

Never Let Me Down (Depeche Mode)

Personal Jesus (Depeche Mode)

WEITERE WERKE VON MIR

Wenn dir „Zurück" gefallen hat und du noch mehr über Sascha erfahren willst, so seien dir diese beiden Werke ans Herz gelegt, die in inhaltlichem Zusammenhang mit „Zurück" stehen. Alle drei Bücher können unabhängig voneinander gelesen werden.

„Über den Berg" – Kurzgeschichte

Kurztext:
Die E-Mail eines verloren geglaubten Freundes aus seinem alten Leben beschert Sascha einen ganz besonderen Tag, wie er es so nie für möglich gehalten hätte.

Aus einem tiefen Tal heraus gesehen wirkt ein Berg umso unüberwindbarer. Man mag ihn gar nicht erst in Angriff nehmen. Sascha hat schon ein Stück Wegstrecke im Tal zurückgelegt, aber noch kaum an Höhe gewonnen. Am Ende des Tages, dessen Zeuge du hier wirst, ist Sascha noch lange nicht über den Berg. Aber er hat einen Freund und endlich genug Kraft, sich der Herausforderung zu stellen. Oben leuchtet der blaue Himmel. Ein bisschen davon kann Sascha schon sehen.

24 Seiten.
ISBN Heft: 978-3-7504-1936-0
auch als eShort erhältlich

Leseprobe und weitere Informationen:
www.s-ng.de/?page_id=41

„Weil du es bist" – Roman

Kurztext:

EINE LIEBE, SO GROß WIE EIN GANZER BLAUER SOMMERHIMMEL. ZWEI JUNGE MENSCHEN, WIE FÜREINANDER BESTIMMT. DOCH FÜR EINEN VON IHNEN IST ES ZU FRÜH.

Eigentlich ist es ein Anfang, der keiner sein sollte. Denn für Sascha ist eineinhalb Jahre nach seinem folgenschweren Unfall nichts mehr so wie es war. Aber als Fredi ihm begegnet, gibt es vom ersten Moment an kein Zurück. Da ist dieser Zauber. Diese unmittelbare Verbindung. Dieses Glück. Das zwischen ihnen, das ist Liebe.

Und so lassen sie sich aufeinander ein, ohne Wenn und Aber, trotz allem. Zusammen fliegen sie wie Schmetterlinge durch den Himmel und zugleich sind sie auf einer wundervollen Entdeckungsreise zueinander. Es scheint, als könnte es ihnen gelingen, die dunklen Momente zu überwinden und das Glück festzuhalten.

Doch dann trifft Fredi eine Entscheidung, deren Tragweite sie völlig unterschätzt …

Eine atmosphärische und dichte Geschichte über eine große Liebe, von überwältigendem Glück und stillem Schmerz, ein Roman über Verlust und Trauer – und einen vorsichtigen Neuanfang.

396 Seiten.
ISBN Taschenbuch: 978-3-7504-1779-3
auch als eBook erhältlich

Leseprobe und weitere Informationen:
www.s-ng.de/?page_id=41

Außerdem:

Das mit Percy (Arbeitstitel) – Young Adult Roman/AllAges

<u>Kurztext:</u>

Drei Wochen im Herbst 2009. Für Manu und Percy geht es in diesen Tagen um alles, was sie sind und was sie waren. Aber sie haben einander, vielleicht jedenfalls, wenn man es doch nur genau wüsste, wenn man sich doch nur sicher sein könnte.

Für Manu wäre es am besten, wenn die Zeit stehen bliebe. Denn alles ist eigentlich ganz gut so, wie es ist. Zwar ist Manus Mutter entweder völlig überdreht oder liegt leidend im Bett, doch Manu kommt damit klar, nicht zuletzt wegen der Freundschaft zu Phil, Tom, Lenny und Steffen. Dann begegnet Manu Percy, dem verschlossenen Laptop-Freak, der eine Schreibschwäche hat und nie was sagt. Wer hätte gedacht, dass Percy plötzlich für Manu so wichtig wird? Mit ihm ist alles so anders als mit Phil oder den anderen. Aufregend. Neu. Wenn das mit Percy nicht alles durcheinanderbringen würde, was Manu bisher von sich selbst dachte, dann könnte es auch schön sein.

218 Seiten

Der Roman ist derzeit noch nicht erschienen.

Leseprobe und weitere Informationen:
www.s-ng.de/?page_id=1016